自我的光芒

王志成 —— 著

乌小鱼 —— 绘

浙江大学出版社
ZHEJIANG UNIVERSITY PRESS

自 序

你，或者孤寂，或者烦恼
因为遮蔽的灰尘
投射的把戏
你的激情，感天动地

但欢乐只在无始的梦中
纯粹的自我
何曾晃动一丝的光影

心爱的人啊
搭上我的马车吧，我的爱与众不同

穿越万里河山，目击大千世象
乘着春天的风
寻找圆满
和那更古的永恒
俺

目录
—— Contents

六十四首诗歌　　　·001·

致　谢　　　·183·

六十四首诗歌

◇◇　◇◇◇

一

快乐，就如大地的引力
处处遍在，毫无例外
穷人，富人
俗人，雅者
小人，君子
在现世的路途中，那些女人和男人
东方，西方，南境，北境
古代到现代
快乐在一切时间中

然而，他们却鲜有努力
他们只是追求金钱、权力或者男女关系
或者艺术、绘画和音乐
或者是游戏
在短暂的惊喜中，他们收获他们的快乐

自我的光芒

然而，黑夜降临时
他们便恐惧，恐惧他们的快乐明天不再
他们对那遍在的亘古的快乐
还没有准备

自我的光芒

心悟

◇◇　◇◇◇

二

生活，每个人，一次性消费
像风一样
那些被带走的日子，不会重来
而未来，也绝不可赠予
更不能盛下你的后悔
它们如江河的水，慷慨但不仁慈
又如天上的云彩，绚烂但不恒常

最多，它们躲进画家的笔下
把你的生活染上色彩
黑色的，红色的，黄色的

你也可以选择，说，我要坐在那高高的山顶
不，他说，我要走向极地
在极光中窥看那至上者的容颜！

于是，你抱怨山顶风大
或者，你也讨好生活，至上者容颜尊贵
但这些没有用
你只能拥抱它
坦然地，或狼狈地

但有一个最大的奥秘
给你的生活投资爱吧
她不会欺你、骗你
更不会收你而去
而是让你歌唱，在春天的雨后
你得见上天尊颜的幸福
以及人间的欢愉

自我的光芒

心悟

◇◇　◇◇◇

三

我们在三月底碾压虚无
那无有的最初原人
站在祖先灵魂铺成的星河上
平静得残忍
大地上春雷咆哮，春雨唰唰敲打窗棂
一如今日庚子的人类

自我的光芒

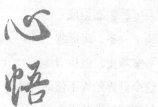

心悟

◇◇ ◇◇◇

四

今年的春天，雨水有点多
风中飘来的曲子是迅疾的
温度，忽高忽低
睡了一冬，玛瑙醒了
海棠难受，但也得绽放
这个世界始终不停地拆除什么
又不断地造些出来

我没有走神，一直注视上天
我祈祷他怜悯和仁慈

其实，
他一直就没有变化
始终在场，在你我的身旁
只是少有人关注

◇◇ ◇◇◇

五

我还是有些心虚，
因为，你害怕我的诗
你害怕
那些苦难的日子和生命短暂的欢愉
再次让我落泪
于是，我后退一步
我把诗写成了曲子

我把曲子唱给你听
那些低得不能再低的羽音啊
一波一波绵绵涌向你

我的曲子没有千言万语，唯有一个唵音
那是大地的和弦啊
哈利，哈利

黎明，风和日丽
夜晚，电闪雨骤
我的歌声，如恒古的山河伴随你
我的歌声，如灿烂的鲜花献给你

我把曲子唱给你听
感动我自己
愿它也感动你

愿我的旋律走进你的心
也松开我的我

如果啊，如果
你也喜欢我的曲子
就和我一起唱吧

我们一起唱十八万句
唱出你我的大史诗
哈利，哈利
唵

自我的光芒

心悟

◇◇ ◇◇◇

六

你告诉我说，你厌倦人生的无聊和无常

你说，有人像狗，有人像猪
有人像狼，也有人像默默的羔羊
你愤怒地说，你就活得不像人

其实，都是生活
白云，苍狗，本是，当然
都是生活啊
水，食物，呼吸

其实，都是生活
知道的，激动地说，我们是生活的主人
我们快乐地忙忙碌碌
不知道的，愤激地喊着生命无聊

其实，都是生活

去和女人生个孩子吧，如果你说你要另一个
你

但你要多养九箱蜜蜂

然后，写下一起长大的日记

还要赚些钱，为的不是生活中的缺乏

而是对生命的坚持和敬意

但我要忠告你

这只是生命的一半

生命的一半，我们唱唱四季，唱唱大江东去

也唱唱姹紫嫣红，唱唱有情的男女

留下另外一半，你要写成诗

你要告诉世人，你在尘世穿梭

无论多久，住上几生几世

自我的光芒

◇◇　◇◇◇

七

你不再需要什么
你说，你生命轻浮，再难承重
宛如水向低处流，云儿空中飘
你说，你竭尽全力，却倾斜了半生
你，在孤寂的深夜
热泪满盈

世间的灵秀者啊
你还需要什么？
你五鞘的皮囊如夏蝉，蜕了一层又一层
你说——
你热烈地爱过女子，也被女子热烈地爱过
就如庙前的那棵糯米茶树
顷刻即是久长
此刻，你说，她已不在

你说——

你不知道，你漫溢的时间是否已经过去

你说——

你不知道，你那半亩的剩山是否还会莺飞草

长

你心意柔软

在能量的游戏中

你一唱三叹

你是生命

你是世间的灵秀者

世间的灵秀者啊

你山一程水一程

所到之处，你皆造出了这尘世的奇迹

和你的生命风景

宇宙是你的脚注啊

你是生命

你是世间的灵秀者

你要倾巢而出，高声唱诵那江水潺潺

你要随缘所需，清理烟尘，游戏世间莽原

世间的灵秀者啊

你，走着走着

就走出了你的圆满

你是生命

你是世间的灵秀者

五鞘的皮囊如夏蝉，蜕了一层又一层。

心悟

◇◇ ◇◇◇

八

春天的大地，呼请了色彩缤纷
布谷鸟，还有我叫不出名字的各色鸟儿
带来了远山的风声和诸海的波涛
你，有着生命的标配
健康，美丽
但在这个春天
你说，生命格外慌张

是的，但慌张是人的
而不是你的我

Be open to whatever comes next.

心悟

自我的光芒

◇◇ ◇◇◇

九

三德之风
吹动着你的船帆
你纯粹的善良说：
"我们是梦游者。"
于是，你给自己的德性
配上了五鞘不忧，躯体健康
你心意稳定，美丽大方
你看着这尘世的梦

一条红色的大鱼
激动地游了过来，说：
"我们是行动者。"

你跟着这条红色的大鱼
一起排山倒海

山高水长，飞云渡月
你喜悦，你痛苦，你快乐，你悲伤
你喊着你承受不起
承受不起啊

自我的光芒

心悟

◇◇　◇◇◇

十

谁会主动接受躯体的疾患呢？绝没有任何人
你的心，变幻无尽
又止步于你那变了形的躯体

你认真斟酌
三德的完整图谱

以及，你的
生命气场

其实，定有恒定之光永放光芒
彼此，内外，皆是你

心悟

◇◇　◇◇◇

十一

左脚一只红袜子
右脚一只绿袜子
黑帽子，白风衣
得到圣地，几片菩提的叶子
你仰视的面容
据说曾经是朋友的梦想
不过她说，那是她的时尚

风格，气质
在一个人或少数人那里呈现
跟随，批发，流量，以及过去，如今
设计，推广，欲望
遍地腐烂的黄花
沉醉于放歌的欢乐
她弄丢了自己，不再时尚

做你自己的时尚，这一定令你满意
因为你就是你的我
我的主人是你
渴望，愿望，思想
有时纯粹，有时扩张
也有习性轮回
也有慈悲在流淌
传给世界，再一次次清空
你是世间唯一的时尚

自我的光芒

◇◇ ◇◇◇

十二

此刻，明月漂浮
天际清朗
春夜，鸟儿困倦
不再唧唧哇哇
不过，它们睡在一起的时候
还是冬天
鱼塘要开挖了，油菜花黄
野外荡荡
人间啊，值得男女
日常比意志更伟大

自我的光芒

心悟

◇◇ ◇◇◇

十三

钱是工具，钱是生活
甚至，钱是生命
为了这位孔方兄
人们没白天没黑夜地奔波
甚至献出一切生死相许

钱是能量，钱是世界
在钱里，人们失去生活的边界
在高低、贫富、是非、善恶、黑白之间
放肆游走，也不知所措

你说，天好冷，天好热
你喊，病好痛，怨好大，情好深
没有钱的你
忧心忡忡

然而，你总是有钱的
那是钱的钱
只不过，少有人意识到他真正拥有的
你也还没有学会

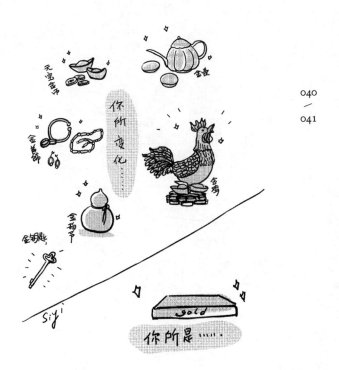

自我的光芒

心悟

◇◇　◇◇◇

十四

踢球和散步，养花和旅行
窥探和唠叨
嫉妒和逞强，打扮和渴慕
你或许对什么都染上了一点
你把一种态度
或者一种行为，一种习惯
或者一段关系
视为个性
激情，善良，愚昧
你尽情挥洒

但你那总不消退的冰凉悲伤啊
交织在属性之线织出的蜘蛛网上
身与心，知情意，还有你的灵魂
没有不在里面的

这是你一切故事的
强大气场

那纯粹善良之风，还没有吹来
你沉甸甸的翅膀
没有飞翔
谁知道是否要收回那蜘蛛的丝线？
是经典，是知识，是爱，还是原初的欢乐？
谁知道

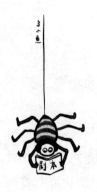

投胎前先研究下剧本。

心悟

◇◇ ◇◇◇

十五

你从不担心
我的肤色，不在七彩之中
你从不讳言
我的爱好，已出三界外
走过黄昏时，你问我
累了吧？
我把西湖断桥的传说说给你听

城市的影子，从不确定
词，也没有固定的含义
太阳张扬，月亮冷静
断桥上的娘子啊
薄薄的伞绸上，写下的是世代的人言人语
痛苦，张力

看不到朋友，也见不到敌人
无所求，也无所缺
你的存在只被温柔包裹

亲爱的，你可以忧伤，
但不必愤激
自然也无奈
那极限还不是你的

聪明人随波逐流
在海上

自我的光芒

心悟

◇◇　◇◇◇

十六

众生，为了生存
毫无保留，来回奔波
被愚昧控制的
走向消沉低迷
被激情控制的
走向极端苛刻
那些被善良控制的人啊
他们也失衡
他们也无力生活

奔波没有终点
困顿没有消停
激情的心灵无处安放
生活把你搞得像大海一般澎湃万分
又被你自己折磨得奄奄一息

竟在春日的明媚里哭泣

说好的狂风暴雨，失了约
每一次说出的词都如星光寂灭
但你的我始终熠熠生辉

把我的你戴在头顶吧
即便三世奔波
你的舞姿也会在清晨来临时欣喜

自我的光芒

心悟

◇◇　◇◇◇

十七

最简单的形式，最简洁的内容
人的长河，在大地上恣意蔓延
差异的缔造，认同的张扬
密集，疏散，古老，也现代
像石磨，也像烟花
一个攀援一个，一束伸出一束
隐蔽的，袒露的
全都铺满大地和天空

无比的创造性，以及存在的经验
基因，教化……
高声喧哗，也沉默不语
整个大地和天空包裹着它们，无声无息

生存的意愿，现实的意志

地水火风空构成的三界啊
有那么一些东西
有些可知，有些令人怀疑
但我们始终无法抛弃
如今，多数人丢失了它们
于是，他们就送了性命

自我的光芒

心悟

◇◇ ◇◇◇

十八

爱人，我要依偎在你身旁
放任爱情骄傲地游走在你的心尖上
我是你的宝贝啊，我已驱逐了一切人
所有爱的语言，透过你的唇，融进你的血液
流淌在你的圣殿
但此刻，我曲不成声，诗不成行
白昼将尽

爱人，趁着还有时间
就让我为你吹一支竹笛吧
摘下那朵纤弱的山茶
不要任它坠落，不要犹豫

心悟

自我的光芒

◇◇ ◇◇◇

十九

我如原人那样的冲动
想要的是另一个我
成了你的我望着你的孤独
亘古久远

你的渴望成了另一个我
但你的性是纯粹的私人事物
在你的我和我之间
没有公共主题
不过，离开了你的性
我的世界必定停顿
甚至坍塌

我凝望着你的存在
我看见你的我在尘世关系中

我的你阻碍了那些喜乐的通道

有人说，三德在支配你的性
它们燃烧着无尽的热量
热烈，就如群星闪烁
你变得不再确定
复杂的张力和矛盾
困扰你
住在你的隔壁的那一位
听任你哭泣

自
我
的
光
芒

但事实上，
你的我不过是我的你
而已

◇◇　◇◇◇

二十

你正是你渴望意义的人
难道你没有明白？
那是你自身给出的定义
你瞧着你意义的脸色
行动

行动者啊，你哭喊着
说你不知道意义在哪里
你痛骂心意的局限
你呼喊外来的保障和承诺
你渴望自由的彼岸
然而，那彼岸只是你脸色的想象
你的免疫力
已经衍变成了向下缠绕的树根

雷声轰鸣，我的你啊
但愿很快惊醒
心意的世界，自由奇妙
苦难的漩涡，深沉你的觉知

我听见你的喘息
它们将汇成一条宏阔的大河
在尽头，把你的脸色摧毁

自我的光芒

心悟

◇◇ ◇◇◇

二十一

我们全都是伪装的行动者
或者稚嫩，或者老练
甚至还有数量庞大的导师
我们全都是欲望这座大厦的建造者
我们赞美自己

偶尔，死亡也走进我们
让我们悲伤无助
或者外来客给我们讲述
丽拉的游戏
让我们惊恐不已
并怀疑我们的身份

自我的光芒

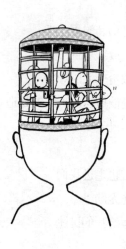

心悟

◇◇ ◇◇◇

二十二

时间流过，夏日冗长的灿烂
但是，我们在哪里？
究竟有没有一处栖息之地
对于我们来说，至少暂时安稳

楼顶太冷，马路太热
我们走在百花盛开的大道上
失去了人的踪迹
有交叉口吗？
你遇见了什么呢？

你这位欲望之主
你既不是一，你也不是二
你只是我的他

百花的道路

可能是一个嘲弄

其实，我的你不过是目击者

我的你 不过是目击者.

心悟

自我的光芒

◇◇ ◇◇◇

二十三

眼镜蛇，控制它的毒液
展示着它的激情
管弦乐指挥，演绎着优美的音乐
展示善良和乐曲的激荡

那只黑白两色的天鹅啊
颈项优雅，舞姿沉着
在无人的广场上
消磨时间
触摸着它的孤独

你深深地望向这里，然后
摇头，耸肩，又笑又哭泣——
在那天鹅和你之间
有无数的缝隙

自
我
的
光
芒

与小鱼

心悟

◇◇ ◇◇◇

二十四

我们塑造我们，
把大理石中的他们雕刻而出
这在过程的哲学中
没有娱乐，没有刺激
只是在他们中
注入了我们原初的热和情

但据说，某些古老的文本
描绘了新世界
它们够娱乐，也刺激
当然，它们也足够宏大

心悟

◇◇　◇◇◇

二十五

夏日，太阳盛大，
向日葵也辽阔
你，美丽的女子，如清爽的黎明
驾着金色的四轮马车
巡视大地
对一切，你无不领会

世间的人啊
能量主宰着他觉知的态度
因为有限，他承受不起真相的刺激
在能量所造的娱乐之风中
消费，倾覆

宇宙雄伟
如同永恒的原初之人

我的你，那不变的镜中之影
我们为他痛心
黎明的女子
微柔

自我的光芒

心悟

◇◇ ◇◇◇

二十六

不论你是谁
都不要喋喋不休向人追责
无论是你的至暗时刻，还是在高光的舞台
你进入不了彼此的关系

无花果树的叶子
叠置着各自不同的层层责任
树上的两只鸟儿
一只寻寻觅觅，一只安安静静
离开大树的，长久飘零
开口哭喊的，倒在路上
要求解释的，镜子前的他，沉默不语

自我的光芒

◇◇　◇◇◇

二十七

我们活得不快乐，他们说
内外众多的感官
可劲造着我们
心意将为我们完成最后的装饰
狠狠地规训我们
可惊，可怖，然亦，可乐，可喜

投射和叠置，依附并执着
你的身体，宇宙通道
不能承受的限度！
谁能降服变幻不定的心意？
打坐，冥想，或者热诚的苦行

但是，身体，我们仍将托付你
通过你而弃绝

Japa Yoga

你的身体，宇宙通道

Ayurveda

Meditation

dancing

Yoga

心悟

自我的光芒

◇◇　◇◇◇

二十八

愚昧之纱，遮蔽的心啊
水晶旁的红布，沙漠里的海市蜃楼
天鹅从水中喝到牛奶
我的生命就是你

大象从广袤的平原奔腾而来
你的我，我的你
我们终将重逢

自
我
的
光
芒

我们终将重逢.

心悟

◇◇　◇◇◇

二十九

物质如烟花，变幻不定
精神如气场，弥漫不散
心意的中介和身体的通道
都是未显者的显现，以及保障
然而，究竟谁是生命？
崇高，卑微

我在一座山上看到
未生我时我是谁的追问
还有当代拉马那说出的许多文字
精微，简洁

目标
既是过去，也是未来

更是现在

对，就是现在

只有当下，一刻接一刻。

心悟

自我的光芒

◇◇ ◇◇◇

三十

你把快乐放在追求最前排
吃的，玩的
美色，财富，名声，地位
事业，思想，还有自我超越
你追求任何追求的对象
结果只是失望
我们都有疲倦到极点的身躯

经典说：因你快乐而创造，而维系，而消融
但书上文字，年代久远迷糊不清
你丝丝抽出，节节查看
心意波动，无法给出定位
只是
一切的幻化，都直至你内在的喜悦

你仍然渴望，和谐与回归

喜乐的喜乐，驱使着你

她也时常

在悲伤的暗夜中，在惊恐的雷雨时

走进你的梦里

成为你的甘露

喝下这永恒的苏磨吧

经过而不执，感受而不迷恋

喜欢而不溺沉，存在而不占有

在那些古老文本的册页间

英勇站立

心悟

◇◇　◇◇◇

三十一

因为热情而生的世界
祖先的意志，自然的动能
在高高的雪山上
在遥远的极地海洋深渊里
在人山人海中
旋转，一次又一次
或者，只是一次？
在你的心中

你经验世界无限的变化
承受欢愉无尽的短暂
在行走中
你也改变意志
但无法停下脚步
毫不奇怪，因为你要造出你自己

完整的，圆满的

是谁在那里大声喊叫：是我！是我！
是我呀！
但我明明白白告诉你
大写的人，超越单数和复数
并且，生命最珍奇

心悟

自我的光芒

◇◇ ◇◇◇

三十二

欲望直接朝着快乐奔去
再把快乐忘记
直到有一天，我们再也无力
垮了身体
我们心力交瘁
难以摆脱的尘世纠结和纷争

对人间爱情，你充满想象
在最终的极乐中，欲望得以平息
但永远的誓言成了暂时的欢愉
你只消磨了一段辰光——
即便时间很长
不过，你也没有任何失去：
树上飘落了几片叶子
根还是高高在上

远方来的陌生人，他们敲锣打鼓
人啊，你们本身就是快乐
就是快乐的原点
母亲带你们来到世上
无论你们精子繁衍多少
只是参与游戏而已

心悟

◇◇　◇◇◇

三十三

那长久的水月
明晃着海水，拦截我们的快乐
捆绑我们生生世世的航船
并造出假象来
堵塞无限的可能

但你依然对至上充满期待
这是你的使命

你定当看透私我的梦幻，洞穿水月
擦亮眼睛，看呐
那水月空无一人

所有的水月都是最后的月亮

◇◇　◇◇◇

三十四

叠叠层层啊这肉身

手是我，脚是我，头是我

肩是我，胸是我，脏腑是我啊

嵌嵌套套啊这呼吸

命根气是我，上行气是我，下行气是我

平行气是我，遍行气是我啊

环环节节啊这情绪

爱是我，恨是我，嫉妒是我

恐惧是我，愤怒是我，欢乐是我啊

林中的路上，传来一声闪电般的鸟鸣——

那些不是你

我看不到我了

我是什么

那只鸟说，你不是这些，你不是这些

自我的光芒

心悟

◇◇ ◇◇◇

三十五

生与死融合，圣哲大声说
那就是不朽！
纯粹意识，超越人的一切定义
没有颜色，没有形状，永在遍在
不能离开
也无法遗弃
然而，卷入和远离的神话
终于被我们的肉体解除

肉体找到虚无
转向，和世界纠葛
相互怨恨的人们，挤在山头
探头看向那古老的深渊
他们想要摆脱灵魂

于是

我成了世界的目击者

他们

淹没在海市蜃楼里的那条大河中……

自
我
的
光
芒

心悟

◇◇ ◇◇◇

三十六

我已经聆听了很长时间
听八曲仙人唱出的那首存在之歌
有些永存，有些短暂
有些令人喜乐
更多的，令人悲伤
甚至死亡

暂时的表象，如水晶映照，就在身旁
但存在的能量，始终流动
它们，有时爆发，有时平稳，有时崩溃
无人真的哭泣

永恒的路啊，遥远
但就在上下左右四面八方
如八曲的身躯

然而，我们也无须重演八曲的神话

心悟

◇◇　◇◇◇

三十七

凡事都不是偶然
我翻开经典
受到邀请，进入不同维度的存在界
啊，这简直就是命里注定
通过这路我看到多重的世界

导师不在场
但这不妨碍我进入
我舒展开四肢
字里行间，散发着白荷和夜开花的香味
哈，我认出了那个存在的世界
路径无人，西塔琴在睡眠
太阳发出灿烂的光芒
河流众多，如诉如泣

但它们都欢快，一起奔向大海
我合上经典。我收回四肢
再度受邀的时刻，哭泣

自我的光芒

◇◇　◇◇◇

三十八

过去已过；未来未来
唯一的只有现在，此刻
意味深长

无法回到过去——
包袱，断裂，束缚
不能到达未来——
那些诱惑，期盼，许诺
景象斑驳

分离过往，终止未来
融合。碎片如雾

安住当下

自我的光芒

心悟

◇◇　◇◇◇

三十九

经典常宣
不执是智慧和自由的翅膀
人生，起起落落
就如小孩，喜欢荡秋千，做钟摆
在二元极性的两端流连

透过人性迷雾
回到自然
激情、纠结和张力，你要的是什么？
善也能成为你的执着

从你未见过的地方出发
从纷纷扰扰的尘世
一跃而起

恒久永在者

不生，不死，不增，不减

而你的我，在三时中，永存

从你未见过的地方出发
从纷纷扰扰的尘世
一跃而起

心悟

自我的光芒

◇◇ ◇◇◇

四十

世界丰富
影子如群星布满大地
我们接纳。我们听见
闻所未闻的缄默，被遮蔽劫持

是谁滑过了这习惯的格局?
作为第二人，寻找那至高的第一人
他攀登喜马拉雅山
他还创造了一位第三人

我们接纳。根基
如少女，如明月，如纯真的小孩
在宇宙的蜘蛛网中穿越
当他找到了第一人的时候，它却迷惑了他
"不是它，不是它。"

警惕的猫头鹰在树上，目光炯炯

我们必须把生活改变
大理石雕出的残躯，也是辉煌
不要矜持
我们必须给出活泼的回应
没有阻力

一个答案说：你，就是第一人

自我的光芒

心悟

◇◇　◇◇◇

四十一

看呐，整个日落黄昏，他都在冥想
他粗糙的身体晃动，精微的心意驰骋
他要反照那个宇宙的节律
无论是古代的整体，还是当代的局部
呼吸逐渐平稳，没有干扰
黄昏的阳光落在他身上
画出一片菩提树的叶子
也把他的影子拉长
他把宇宙捉住
沉醉如呆

他的生命是贯穿始终的大冥想
哦，哪里有始？哪里有终？
他是起始，也是最终

心悟

自我的光芒

◇◇　◇◇◇

四十二

走过旷古
那片海依然现代
他至高的荣耀和终极的尊严
难以到达人间岸边
你，作为礼物，是第三人
是他者，是世界
你要通向哪里
在这一生，在这一世
无人回答

这不是辩证，而是自由对话
只是为了那片海荣耀中的目光
目光中，透露出的尊严
你必将承担

自我的光芒

心悟

◇◇　◇◇◇

四十三

他醒了过来

这样一个瓶子啊

是是非非，真真假假，虚虚实实

它只是幻象，总在遮蔽？

他说眼见为实：

这样一个瓶子啊

倒出了时间

倒出了内外

环扣着环，不断演绎

留下经验和印迹

无穷无尽

他醒了过来

他说他是演员，他在梦中演戏

角色不是他
时间的瓶子
一种经验在他中体验

心悟

自我的光芒

◇◇ ◇◇◇

　四十四

关于活着这件事情
肉身诚实
视角主义盛行

经验是私人的
它反驳自己，反抗自身
但无法和影子分离

视角混合了评判
主体间的世界，困顿
挫折却很有趣

影子向真我靠近
冲击视角图像
它像转头看见我的你
对于你，影子过于庞大

自我的光芒

心悟

◇◇ ◇◇◇

四十五

你说静静活过一生非常困难
山遥水远，素琴难弹
即便住在蜗冢里
意识剧本，还是一幕一幕地演

生死有命，富贵在天
一种尚好的表达
谁人心甘？
目光纷杂，顽固盯着那些剧本

终极就在方寸
但心意活泼，念头难改
身份扭曲意识
此处只有日常喧嚣，生命慌张

自我的莽原林树葱茸

两只小鹿在奔跑

随着时间死去

你会喜出望外

自我的光芒

心悟

◇◇　◇◇◇

四十六

就那么一句，热诚的心纠缠痛苦
渔人晚归，鱼群歌唱，余山雄伟
谁人识他？
这独一者，你承受不起

在世上流转，你从未曾改变
一切的追究探寻
不会有回应
闪电直劈而下
只是宇宙的一个脚注

其实，你所到之处，皆成宇宙风景
热腾腾的生命啊，你之所行
全是我的剧本

自我的光芒

他就在你里面
只是你还没有看见

自我的光芒

心悟

◇◇　◇◇◇

四十七

云重，风急
暴雨奏出一曲阻隔千重
意忡忡
船帆渴望大海，恣意没有节制
谁的人生如此忙乱，又一丝不苟？
那些神秘，在浪花中穿行

你是金枝玉叶啊
情缱绻，舟风送，星辰仰望，飞鸿宿岸柳
灵魂目睹一切
在无尽的辗转中
角色风流

自我的光芒

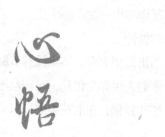

◇◇　◇◇◇

四十八

自我的策略难以撼动
众人大笑
他们怕那陌生者
白天就闯进他们的梦中
于是
他们大方地让生活丢下了他们

稀有的人呢，你却认真追求
固执，困顿，惊喜，拯救
路途中，你也害怕
眼睛，还难以忍受那光
但你的自我存在

你活着

自我的光芒

心悟

◇◇　◇◇◇

四十九

最初的最初
只有光
光中没有黑暗

你诞生在黎明
开初之前的开初，不是开初
语言补写了那序幕

光热了起来，热中升起了火
你温暖自己
生出了另一个你

气氛庄重，飞鸟浩荡，春风得意
在耐人寻味的冒险中，你没有回头
你看见了你自我的围场

自我的光芒

心悟

◇◇　◇◇◇
　　五十

暮春时节，他和瓦希斯塔对话
思考的、想象的，触摸的、经验的
还有意志，以及爱的、恨的——
用任何方式处置它们

意识、心意、直觉、情感或其他
指向任何东西
他们谈论混沌和开初
还有根基的神话

占据、改变，消失、迭代
太多的，还没有相遇
献祭、整合，消融、再生
孤独者恐惧

他想要一秒，投射出他自己
欲望进场，播下种子
但是
暮春时节，花落不归

自我的光芒

◇◇　◇◇◇

五十一

毕竟，那只是星光
里面住着奇怪的幽灵
伴随过程
他要做一切的主
控制，占有，享受果实
一切荣耀都要归于他

这个私我算计着你的人生
分析人情利弊
他也会做出妥协
最终把你绕进圈套
不能逃离温柔的无边匣子

你很容易爱上
这星光中长久的私我幽灵

就如枝头那只鸟儿

唱着或欢快或哀伤的歌

自我的光芒

◇◇　◇◇◇

五十二

自我的游戏，在名色的海上欢腾
终点，就是那原初的热情
火焰，一直潜伏在你的每滴血液里
宇宙匍匐在你脚下
如盛夏溅出的蛙鸣

你是鼓噪驱散者
自己推着自己，走上舞台
自给自足啊，你是导演，你也是好演员
爱赋予力量，和创造的热情
你在台上目睹了自己的面容
靠近你
就是我全部的使命

自
我
的
光
芒

◇◇　◇◇◇

五十三

游戏结束，任务完成
但舞剧永不结束
诗歌还在流传

自我的光芒

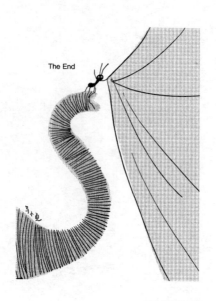

The End

心悟

◇◇ ◇◇◇

五十四

你闭上眼睛
舞台上，你已经目睹了很多
那过于庞大的实在
压在你的心头

你说，你要一无所有
你不要世界占有你
你说，你必须孤独
更不要自己的影子跟着你
但你必须活在人群中
自由地写出自己的命运

其实，这只是台上的一幕

只有你

自我的光芒

心悟

◇◇　◇◇◇

五十五

有好几种声音，你听过
精疲力竭，虚弱无力，甚至死亡
开放，繁殖和创造，以及重生

都说秋天盛大
那时，酒是烈的，风还是暖的
而我，是你的
另一种克制

我的你，可成为一切

自我的光芒

心悟

◇◇　◇◇◇

五十六

远方的诗人说：

"谁想从诚挚到达伟大，必须牺牲自己。"

又是谁，正在算计那伟大的故事？

一切是的，一切不是的

以及宇宙的连贯，只属于瑜珈中的你

最初，黑暗包裹在黑暗中

白天或黑夜没有迹象

唯有爱的热情在你里面萌动

经典犹如火箭
把我们推送到更高处

并慢慢脱落

自我的光芒

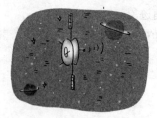

直到我们安住于太空
（至上自我）中……

Om . thanti thanti!

心悟

◇◇ ◇◇◇

五十七

谁真的知道?
谁胆敢说出它来呢?
时间没有前后,空间没有内外
你我,永远不朽

他肯定知道
或者,他肯定不知道

心悟

◇◇　◇◇◇

五十八

存在，非存在
具有相同的力量
有和无，站在
天秤的两边
在响亮的左旋海螺里
它们，就如各种各样的灵魂
走着走着
在宇宙之圈的某一点，相遇，融合

当虚无扑住灵魂时
你才能注意到
它们是相同的那个一

I am that.

自我的光芒

◇◇ ◇◇◇

　　五十九

生动的热情在水上燃烧
它开始了它的角色
它不是闲人

它挖掘最初的白天和黑夜
它建造宇宙
太阳，月亮，天地，风雨，闪电……
它制定时间
世，年，天
它又造出新的它来，悲欢喜乐……
这些，都没有维度

它是最活跃的演员
至今，海上的风，还在不厌其烦地吹

自我的光芒

心悟

◇◇　◇◇◇

六十

我的诗歌写得如此枯竭
即便跳进我的真实
我也难以写出那言外之意

水上升起的火焰，渴望着谁？
雨夜的风狂吹到了哪里？

在发现你快要消失的时候
请发现我存在的印迹

自我的光芒

心悟

◇◇　◇◇◇

六十一

第一次出生的洞见者
身上刻着那些古老的灵魂诗句
它们在风里，在雨里
在阳光里，在森林里
在纯真孩子的欢笑中
在垂暮老人的哭泣中
在你经过的每条回家的路上
它们会惊醒你

哦，等一下
我已经反复告诉过了你，它们的名字
没有文字

自我的光芒

心悟

◇◇ ◇◇◇

六十二

他们聚在一起
守护着——
今天，谁知道真我的奥义？
你渴望的最后位置在哪里？

语言沉默
我全部的流金和侧影
都倾注进了诗歌里

再也没有不圆满的了
创造的热情和秩序
就在大地这个榜样里

向大地致敬
和平！和平！和平！

心悟

◇◇　◇◇◇

六十三

我坚持着最大的许愿
我无法计量的崇敬
涌进上天和大地
以及你

那是水中的金芦苇啊
熠熠生辉

我赞美！

自我的光芒

Tat Tvam Asi

心悟

自我的光芒

◇◇ ◇◇◇

六十四

当然，存在的第一人
他过于滚烫

我穷尽诗歌的经验
感到词穷
我只能沉默

——沉默二字，金光闪闪
唵！唵！唵！

自我的光芒

心悟

致 谢

蔡圆圆	陈俏娥
黄　静	菊三宝
灵　海	刘从容
刘韦彤	倪　元
施　红	乌小鱼
杨　慧	徐　静
原　颖	周昀洛

图书在版编目（CIP）数据

自我的光芒 / 王志成著；乌小鱼绘. -- 杭州：浙
江大学出版社，2020.8
ISBN 978-7-308-20479-8

Ⅰ.①自… Ⅱ.①王… ②乌… Ⅲ.①吠檀多－研究
Ⅳ.①B351

中国版本图书馆CIP数据核字（2020）第152198号

自我的光芒

王志成 / 著　乌小鱼 / 绘

封面设计	续设计
责任编辑	蔡圆圆
责任校对	赵　伟
出版发行	浙江大学出版社
	（杭州天目山路148号　邮政编码：310007）
	（网址：http://www.zjupress.com）
排　　版	浙江时代出版服务有限公司
印　　刷	杭州良诸印刷有限公司
开　　本	787mm×1092mm　1/32
印　　张	5.875
字　　数	71.4千字
版 印 次	2020年8月第1版　2020年8月第1次印刷
书　　号	ISBN 978-7-308-20479-8
定　　价	38.00元